De dödliga främlingarna

De dödliga främlingarna

Johan Olsson

Förlag: BoD - Books on Demand, Stockholm, Sverige

Tryck: BoD - Books on Demand, Norderstedt, Tyskland

ISBN: 978-91-7785-997-0

KAPITEL 1

Dagen hade varit lång men innehållsrik, en riktigt trevlig släktträff hemma hos Anders faster Agneta som fyllde 55 år. Alla hennes svägerskor och Anders mamma och pappa samt farbröder var med ända till kvällen denna mörka, mycket kalla decemberdag två veckor innan julhelgen 2003.

Agneta bjöd hela sällskapet i deras lilla spartanskt inredda villa på en riktigt smaklig kall buffet tillagad av proffs, maten hämtade hennes make Ove med en av deras tre fina bilar på matbutiken i närmaste lilla stad 14 mil från deras hem.

Agneta och Ove samt större delen av Anders släkt bor i det mycket lilla samhället Rosträsk mitt ute i den svenska norrländska glesbygden.

Som vanligt drack ingen en droppe alkohol på kalaset eftersom nästan alla är mycket troende och med i en frikyrka. Den frikyrkan tar avstånd från alla droger och rusdrycker, utom kaffe, snus och cigaretter förstås.

I bilen som Anders, 28 år och hans båda föräldrar i övre medelåldern tar sig hemåt med är stämningen lugn men alla tre är vakna och alerta samt pratar av och till lite förstrött med varandra. Bilens kupé är mörk och instrumentbrädan lyser svagt grönaktig upp framsätena en aning.

Anders har inte berättat för någon i släkten, ja faktiskt inte för sina föräldrar heller, att han via en dejtingsajt på internet hittat sin första stora kärlek, en snygg, snäll, underbar man från Stockholm som studerar till samhällsvetare på universitetet i Umeå.

Det är en man som siktar mot en karriär på regeringskansliet där han har kontakter redan. Jonas, som han heter bor i en liten enrummare med kokskåp i stadsdelen Ålidhem inte alltför lång bit från universitetsområdet.

Anders är förälskad över öronen och det är till fullo besvarat av Jonas som kommit ut som homosexuell för sin familj förra året.

Jonas har bara haft korta förhållanden med några andra män senaste två åren. Han har inte varit ute så mycket på disco och partaj i Stockholms gayvärld men kunde hitta sällskap på den dejtingsajt som han och Anders hittade varandra. Anders är helt oerfaren med män och har inte vågat berätta för någon om sin läggning.

Anders bor i en tvårummare med kök, ganska centralt i Umeå. Balkong med utsikt över Umeälven och gångavstånd till Jonas lägenhet. Anders flyttade hemifrån när han fyllde 26 år och har bott i sin lägenhet sedan dess.

De brukar träffas hemma hos Jonas eftersom Anders inte vill någon ska få veta om hans läggning. Han vet inte om han någonsin kommer våga berätta sin hemlighet, speciellt inte för sin släkt.

KAPITEL 2

Nu är Anders med föräldrarna Åke och Gudrun halvvägs till Piteå där Anders ska sova över till måndagen då han äntligen får träffa Jonas igen. Anders och Jonas har sedan de träffades bara pratat, kramats och myst ihop. Ätit god hemlagad mat och haft levande ljus, fin musik, och sett bra filmer ihop.

Det har ännu inte hänt det som Anders gruvar sig för, han vet inte hur det är att ligga med en man. Jonas vet, det har han gjort många gånger med flera olika män. Där skiljer de sig åt. Men Jonas vill verkligen göra det med Anders. Anders vill, blir kåt och längtar men är rädd för hur han ska klara av det hela.

Han vet vad Jonas gillar och det känns lockande, spännande men risken för flopp känns hög. Hur ska Anders klara av att tillfredsställa Jonas så som Jonas verkligen vill och Jonas önskar sig det ska bli? Det är det Anders nu tyst sitter och funderar på i bilen.

Plötsligt märker Anders som sitter i baksätet på bilen att det är något som lyser på himlen lite bortanför vid den stora högspänningsanläggningen som finns en bit ifrån vägen längre fram. En liten grön lysande prick som rör sig snabbt upp och ner på himlen.

Det är omöjligt i mörkret att avgöra om ljuspricken är uppe långt bort på himlavalvet, ute i rymden eller bara en billig liten lysande drönarfarkost nära det elektriska ställverket. Närmaste bebyggelse finns drygt en mil bort åt ena hållet och två mil åt andra hållet, där de kommit ifrån med bilen efter att de lämnat kalaset.

Anders säger inget om sin upptäckt till föräldrarna i framsätena. Han skickar ett sms istället till Jonas. ” Jag älskar dig, kan vi inte pröva ligga imorgon kväll när jag kommit hem från Piteå?”

Jonas svarar snabbt att ”ja! Äntligen frågar du! Självklart ska vi!”

Anders ryser av välbehag. Han har aldrig haft sex, inte ens med någon tjejkompis i tonåren. Han har inte haft lust med tjejer. Killar var aldrig aktuellt för honom när han bodde hemma hos föräldrarna och han har inte fått kontakt med fina män som varit intresserade av honom på ett seriöst vis, ja inte innan han av en slump hittade Jonas.

Anders känner att det hettar i ansiktet och han blir nervös. Snart ska det ske. Men hur ska det gå?

KAPITEL 3

Nu vrider Anders på huvudet och skruvar sig i det obekväma bilsätet. Då ser han att en bil kommer på vägen, uppe på höjden de precis kommit ner ifrån. Vägen svänger nerför höjden och denna bil verkar vara uppe på krönet fortfarande.

Strålkastarna lyser däremot väldigt starkt. Anders reagerar på den avvikelsen men tittar framåt ut i evigheten och försöker föreställa sig hur det kommer bli och kännas när han äntligen kommer mista oskulden med Jonas. Hur kommer det kännas ta en kuk i munnen, det är ju det Jonas älskar, att ligga i sängen och suga varandras kukar till orgasmer.

Anders är rädd han kommer skämma ut sig och kräkas. Att Jonas ska lämna honom för att Anders inte klarar suga av en man.

Själv längtar han också efter sex. Han känner att han kommer måsta synda med sig själv när han kommer åter hem till föräldrarna i Piteå. Hinna tillfredsställa sig själv innan han lägger sig och sover.

Anders pappa frågar helt plötsligt om Anders kan se om det är en lastbil eller vad det är som kommer farande nerför höjden på vägen bakom där de kommit.

Anders vänder på huvudet och ser att ljuset inte kommer längs den svängda landsvägen nerför höjden utan det genar rakt mot deras position. Svårt att avgöra avståndet även denna gång. Anders säger till sin pappa att det är en lastbil. Pappa Åke säger att ”det var då hemskt vad det lyser starkt om den, jag blir bländad av ljuset”.

Ljuset är nu alldeles bakom bilen och Anders känner en rysning av obehag. Det känns inte bra, det känns mycket olustigt.

Då stannar helt plötsligt bilmotorn. Anders kan inte se mot ljuset för det gör ont i hans ögon då. Åke och Gudrun har somnat och när Anders märker det blir han livrädd, spänner loss sitt säkerhetsbälte och kryper ihop mellan framsätena och baksätet och drar en yllefilt över sig.

Han kan inte se vad som händer men han hör ett surrande ljud, släpande fotsteg, någon som knackar på motorhuven, bagageluckan och framrutan. Någon öppnar dörren vid förarsätet.

Anders känner döden knacka på. Kan det vara polska banditer som härjar igen. Förra sommaren skrev lokaltidningarna om att polska gästarbetare stoppat bilar och tvingat till sig pengar och vid ett par tillfällen använde de våld mot bilförarna. Anders tror verkligen inte det är en lastbil de har bakom bilen nu.

Plötsligt slutar det surra och allt blir väldigt tyst. Anders kan trots yllefilten se att det starka ljuset helt försvinner. Han vågar inte titta ut från sitt gömställe men han lyssnar. Föräldrarna hör han inte ett ljud ifrån.

Så drömmer Anders om Jonas och hur de hånglar i sängen, tar på varandra och Jonas drar av Anders jeans. Då vaknar Anders.

Åke och Gudrun ropar åt honom att vakna, bilen stannade men nu verkar den fungera igen, ”vi råkade somna dessutom" säger Gudrun. Nu drar Anders bort yllefilten och spänner fast sig i sätet igen.

Klockan 14 är de framme i Anders föräldrahem i Piteå. Anders pratar inte med föräldrarna om det de upplevt i bilen på den öde landsvägen under natten. Men han känner sig inte trygg utan har en molande oro i kroppen. Vad har de råkat ut för?

KAPITEL 4

Efter en snabb lunch i form av en fryst pizza värmd i microvågsugnen går Anders ner till busstationen och åker expressbussen linje 100 mot Umeå. Han skickar ett sms till Jonas att han snart är hos honom. Bussresan blir jobbig, Anders är svettig av kåthet och det känns som han aldrig ska komma fram till sin älskling.

Jonas har precis avslutat en tentamensskrivning i samhällsvetarhuset på campus i Umeå, nu är han på väg till sin lägenhet. Han överväger att köpa chips och tända lite doftljus och leta fram lugn romantisk musik som han vet Anders tycker mycket om. Men han lägger sig på sängen och somnar.

Anders dyker upp klockan 17 på eftermiddagen. Jonas kramar om Anders och säger att han älskar honom. Han kysser honom och leder honom ömt i armen till soffan. Han säger att ”vill du ligga så vill jag verkligen”.

De hånglar en lång stund, sedan börjar Anders klämma Jonas på rumpan, Jonas drar helt plötsligt ner sina jeans och Anders vågar sig till att känna utanpå Jonas kalsonger.

Anders drar ner sina byxor och Jonas tar av både sin och Anders skjorta. Nu börjar det knepiga, Jonas tar av sig kalsongerna och Anders antar att det är nu han ska gå ner på knä och försöka. Han går nervöst med darrande ben ner på knä. Anders säger till Jonas att ”Jonas, älskling jag vet inte om jag är så bra på detta, jag har aldrig gjort något sådant här tidigare”.

Jonas förstår verkligen den nervösa situationen och säger till Anders att han kan göra det på honom bara, så får Anders känna efter om han vågar därefter. Anders sätter sig bredbent i den sköna soffan. Jonas ger Anders en väldigt skön, varm, vacker upplevelse. När det är klart tar Anders initiativet att göra lika åt Jonas. Det var inte så farligt.

KAPITEL 5

På samma kväll rapporteras det på TV-nyheterna om misstänkta aktiviteter runt elanläggningar i norrlands inlandskommuner. Myndigheterna tror det är fråga om en främmande makt som spionerar och möjligen vill utföra stresstester på svensk kraftförsörjning.

Ställverket Nederliden vid Skellefteå Älv har oförklarligt blivit helt strömlöst under natten mot måndagen, då Anders familj blev stående två kilometer från just Nederliden.

Anders ringer polisen och berättar om de konstiga ljusen han sett och att de fått motorstopp. Mer säger han inte. Polisen ringer tillbaka till Anders senare under dagen och säger att försvaret vill prata med honom om vad han sett.

Anders åker bussen till Holmsund. Där blir han mött av en civilklädd militärpolis och körd i en civilregistrerad Audi till en plats ute i skogen. Anders minns vägen dit men får skriva under ett dokument, ett kontrakt om att aldrig berätta för någon om var han varit med militären.

Anders blir förd till en avloppstrumma rakt ner i marken, övertäckt med ett lock av betong som militärpolisen vräker bort snabbt. Anders hänvisas klättra ner för några trappsteg ingjutna i trumman. Han kommer ner i en sorts tunnel med lågt i tak och de kryper en ganska lång bit, i cirka fem minuter. Där vidgar sig tunneln till ett på insidan betongklätt bergrum.

Anders sätter sig på en stol, två militärer med automatgevär kommer in från en gul pansardörr. De ställer sig bakom Anders som känner det blir alltmer olustigt. Anders har gjort militärtjänsten och förstår att nu är det allvarligt. Ingen säger något till honom. Efter tio minuter till har gått kommer en civilklädd man med skägg, en smal lång medelålders man är det.

Den gröna pansardörren mannen kommit in genom förblir öppen. På ett lågt bord på andra sidan bergrummet står en massa elektroniska apparater med olikfärgade sladdar och stora analoga mätare och klockor.

Mannen sätter sig mittemot Anders och presenterar sig som forskare vid FOA och han kan inte avslöja sitt namn. Han ber Anders fylla i ett frågeformulär och svara på frågor om sin familj, släkt, vänner, eventuell partner och även på heder och samvete intyga att han sig själv veterligen inte har någon mental ohälsa och att han inte begått något ohederligt någonsin. Vilket Anders intygar helt sanningsenligt.

Den gråhårige mannen mittemot Anders säger att de först måste få veta exakt vad som hänt honom och hans föräldrar. Anders berättar allting, även att han gömde sig under yllefilten och vad som han hörde och såg. Att hans föräldrar oförklarligt somnade och att även Anders själv somnade efter ljuset slocknat.

KAPITEL 6

Anders får nu klä av sig helt naket. Två vitklädda män kommer in i bergrummet samtidigt som mannen som utfrågat Anders lämnar det. Anders får genomgå en omfattande undersökning. Lämna bitar av sina naglar, männen som uppenbarligen är mer än sjukvårdare skrapar under Anders naglar och använder bomullstussar som de med pincetter drar över hans hud, över absolut hela hans kropp.

Bomullstussarna släpper de ner i en apparat, nagelbitarna lägger de i provrör, ett med grön vätska och ett med gul vätska. De stoppar ner rören i en kylväska, en sådan som sjukvården transporterar blod i. Den blir stående bredvid apparaterna på bordet.

Anders får lämna flera rör blod, får lämna urinprov, men också spermaprov och några hårtussar från hans huvud. Läkarna tittar också noga i hans näsa, mun, öron och lyser i hans ögon.

Nu förstår Anders att det är något alldeles makalöst märkligt och allvarligt han varit med om. Men mer får han inte veta och när han tagit på sig kläderna körs han tillbaka till Holmsund och tar bussen åter till Jonas. Men han vet inte hur han ska klara av att inte berätta för sin älskade man om sin upplevelse. Men som den militärutbildade man han är bestämmer han sig för att hålla sitt tysthetslöfte.

KAPITEL 7

Jonas lämnar sin lägenhet med en halväten ostmacka i munnen. Anders har gått hem till sig och Jonas har en föreläsning att lyssna på under dagen. Han har precis passerat Ålidhem centrum när han helt plötsligt knuffas omkull bakifrån och slår huvudet i den isiga asfalten.

Jonas första tanke är, ”nu tar de mig, djävla böghatare”. Någon håller ner Jonas ansikte mot marken och han känner hur någon stjäl hans telefon och även tar ifrån honom hans dataväska med laptop och diverse anteckningar på papper och en pappersagenda.

Därefter somnar han, eller svimmar det vet han inte. När han vaknar ligger han på akuten, i korridoren i en sjukhussäng. En sköterska skyndar förbi men uppmärksammar att Jonas vaknat och hon säger till honom att en doktor kommer snart och att han fått en lätt hjärnskakning och lite skrubbsår så det är inte konstigt att han svimmat. Hon undrar också varför han har stickmärken på ena ansiktshalvan, det ser nämligen ut som att han fått något injicerat.

"Har du låtit någon kvacksalvare injicera botox?" frågar sköterskan. "Nej" säger han. "De stal bara min dator och mobil samt en agenda där jag har telefonnummer till mina vänner som jobbar på regeringskansliet". Jonas ber sköterskan om att få ringa ett samtal, till sin pojkvän Anders som säkert är orolig nu. Det får han göra.

Anders är med Jonas vid hans sida i två dygn. En hjärnskakning är inte rolig, det gäller att vila mycket så Anders handlar lite mat och lagar till. Han är duktig på det, Jonas älskar Anders mat. De samtalar litegrann om överfallet, men Anders nämner inte det han varit med om senaste veckan.

Läkaren på akuten undersökte stickmärkena Jonas fick vid överfallet. En teori var att en av rånarna hade dobbar under skorna och tryckte dem i Jonas ansikte, men det upplevde inte Jonas hände.

Läkaren säger att det ser ut som märken efter injektioner med lite grövre kanyler. Han frågar om Jonas knarkar eller tar anabola steroider. Jonas är välbyggd och vältränad men tar inga droger annat än en sup ibland när han träffar studiekamrater.

Anders fattar misstankar av detta men vet inte vad han ska tro. Är det militären eller främmande makt som överfallit Jonas? Ville de åt information om Jonas vänner på regeringskansliet eller tror de att Anders berättat något om allt det här till Jonas?

KAPITEL 8

Det blir ingen sex mer på en vecka. Sedan lär Jonas upp Anders i älskandets konst. Anders börjar tycka det är jätteläckert suga kuk.

Veckorna lunkar på, det händer inte mycket i Jonas och Anders liv. De bor mer och mer ihop i Anders lägenhet nu. Problemet är om Anders föräldrar skulle dyka upp utan förvarning. Det blir mer och mer ett riktigt bra, fungerande förhållande för Anders och Jonas. Allting stämmer och de pratar om att förlova sig.

En eftermiddag innan julhelgen ringer Anders telefon. Hemligt nummer, Anders svarar i telefonen. Det är den skäggige mannen från bergrummet. Han frågar bara om Anders känner igen rösten på honom, han presenterar sig inte.

Mannen säger att de måste tala med Anders för proverna de tog är inte alls bra, Anders måste få fler specialistundersökningar och även behandling som inte vanlig civil sjukvård kan ge. Mannen säger att Anders absolut inte får ha sex med någon nu på en tid, att han måste bryta med sin pojkvän Jonas och förklara att det bara är för en tid, sedan kan de börja om förhållandet.

Anders gråter med huvudet i huvudkudden i sin säng på Öbacka i Umeå. Jonas blev jättechockad och jätteledsen av att Anders kände sig tvungen ta en paus i deras förhållande. Det känns inte som det kan bli ett förhållande igen sa Jonas. Han blev så väldigt sårad.

Snart ska någon komma och hämta Anders och köra honom till hemlig ort. Mitt i gråten ringer telefonen. Det är Jonas ”vad menar du med att knulla mig när du har HIV eller något annat smittsamt, och utan kondom dessutom.”

Anders hinner inte säga något innan Jonas lägger på luren. Senare ska Anders få reda på att vanliga sjukvården på militärens order använt sig av förevändningen smittspårning för att få Jonas till en hälsoundersökning.

KAPITEL 9

När den militärskyltade personbilen kört en halvtimme runt Umeå stannar föraren och ber att Anders ska ta på sig en huva över huvudet för att inte kunna se vart de kör honom. Det sitter en beväpnad uniformerad militärpolis bredvid Anders. Han känner nu att det kan vara ett helvete som väntar honom och att det nog handlar mer än bara om några ryska spioner vid en elanläggning i skogen.

När Anders får ta av sig huvan är bilen i ett underjordiskt garage med många militärbilar. En del jeepar med kamouflagemålning och svarta personbilar med militära registreringsplåtar.

Ingen människa syns till förutom föraren och polisen som vaktat Anders så han inte skulle kunna ta av sig huvan och se vart de åkte. De går vidare med honom till en sjukhussal med en sjukhussäng.

Anders får lägga sig på sängen, en vitklädd kvinna ger honom en kanyl i handleden och säger att han ska få sova för undersökningarna kan vara obehagliga och ta tid. Efter några minuter sover Anders djupt.

Jonas är förbannat arg när han kommer till smittskyddsmottagningen vid Norrlands universitetssjukhus i Umeå, NUS. Hans pojkvän, som han älskat, hatar han nu enormt. Vilket svek! Vilken äcklig man! Efter en massa rör blod taget ur armvecket och stick i fingret, urinprov och fullständig hälsoundersökning får Jonas veta att han är frisk och att han inte behöver vara ett dugg orolig över sin hälsa.

Jonas börjar gråta och längtar efter sin Anders. Men Anders går inte att nå på mobilen. Jonas går hem till Anders men ingen öppnar. Efter två dagar, två dagar innan julafton ringer Jonas polisen och anmäler Anders som försvunnen.

KAPITEL 10

”Har du pratat med Anders familj?” frågar polismannen som Jonas anmäler försvinnandet till. Jonas är uppriktig och säger att det inte är aktuellt eftersom Anders familj inte känner till hans läggning eller förhållandet han haft med Jonas.

Polisen tar upp anmälan och ska ringa Anders föräldrar och kolla om de vet vart han finns. Jonas får också veta av polisen att de hittat hans laptop och mobiltelefon intakta vid en husrannsakan. Han får hämta de grejorna direkt och sedan gå hem.

Jonas kollar datorn när han kommit hem igen och det verkar vara gjort något med den, inställningarna är inte samma som förut och alla e-postbrev han hade kvar innan är raderade. Han börjar nu oroa sig för Anders, kanske det hänt något som har samband med överfallet Jonas själv blev utsatt för.

Anders vaknar och känner sig konstig, han känner inte händer eller fötter, han känner sig stel i ansiktet och mår illa. Han fryser. Han befinner sig i ett mörkt rum i en sjukhussäng. Efter vad han upplever som en evighet kommer en vitklädd kvinna in genom en dörr, han ser lysrörsljuset bakom henne.

Kvinnan säger att de gjort en fullständig, mycket noggrann undersökning av honom och att det inte ser bättre ut än att han fått radioaktiv strålning på sig och att hans föräldrar också måste undersökas, men de ska få bli undersökta under förevändningen smittspårning.

Behöver de behandlas kommer de kidnappas, sövas ner och behandlas inom militära sjukvården precis som Anders blir nu. Hon säger att en militärläkare kommer informera honom om hur behandlingen kommer gå till.

Det är en militär angelägenhet, civila sjukvården kan inte behandla dessa strålskador och det är ett fall för militären det Anders med familj utsatts för.

Ingen får få veta något om dessa händelser. Militären gör sig besväret för att undvika läckor om vad som hänt och för att kunna undersöka Anders i fred. Hon säger nu att Anders kan neka till undersökningar och behandling om han vill men att man inte ville upplysa honom om det tidigare för då kunde de missat viktiga fynd.

Nu har militären hittat fynd genom undersökningarna och vill också kunna behandla Anders radioaktiva kontaminering diskret och adekvat.

Risken för panik bland allmänheten skulle vara överhängande om exempelvis Anders föräldrar skulle få veta vad de varit med om. Det är inte säkert de skulle hålla tyst, samtidigt kommer en person som blivit kontaminerad dö utan behandling.

Anders säger att han är med på att undersökas och behandlas men att han vill få meddela sig med Jonas och att Anders föräldrar ska informeras om det som hänt och att de ska få välja om de ska behandlas för kontamineringen.

Sköterskan säger att det inte kan gå till så. Att det föreligger extrem fara för samhällets säkerhet och att de hur som helst måste låsa in både Anders och även hans föräldrar om de också kontaminerats. Anders väljer att inte argumentera.

KAPITEL 11

Senare under dagen får Anders duscha i grönt vatten, sitta i en ångbastu där vattnet luktar alkohol, han får skrubbas under naglarna och därefter placeras han i ett hermetiskt tillslutet rum med UV belysning. Han får veta att han dessutom blir avjoniserad i det rummet. Han får på kvällen en spruta in i en ven med en kemisk substans.

Sköterskan som lotsat Anders genom alla procedurer säger att nu är han färdigbehandlad. Han kommer inte få några men. Anders föräldrar behöver ingen behandling har det visat sig. Däremot vill de ta in Jonas till behandling eftersom han svalt Anders sperma.

Jonas vaknar i samma rum som Anders. Han vet inte vad som hänt eller hur han hamnat där men förstår direkt att militärens underrättelsetjänst är inblandad eftersom Anders ligger där bredvid och sover. Vilka andra skulle göra så mot dem?

En sköterska dyker upp i dörren och säger till Jonas att komma med henne. De går till ett behandlingsrum där en läkare gör gastroskopi på Jonas som kräks och lider helvetiska kval av den motbjudande undersökningen där en slang med kamera förs ner ända genom magsäcken ner i tarmen. Han får också lämna spermaprov. Han är kontaminerad han med och får genomgå samma behandling som Anders.

Anders och Jonas har gott om tid närmaste dagarna att prata, de hittar tillbaka till varandra nu när Jonas förstår varför Anders bröt med honom. Julhelgen får de tillbringa på militäranläggningen de befinner sig på.

KAPITEL 12

På militära underrättelsetjänsten är man i stabsläge. Samhällets säkerhet är allvarligt hotad. FN och EU liksom NATO, Ryssland och Kina har ständiga möten genom videokonferens med varandra.

I det lilla träskjulet vid skjutfältet i Rosvik kommer och går militärbilar hela tiden. Statsministern Björklund och Sveriges utrikesminister Sandh samt ÖB Åkerlund åker skytteltrafik mellan sina kontor i Stockholm City och Rosvik.

I den väl dolda hissen inne i det kamouflerade träskulet som för övrigt inte ser mycket ut för världen åker de viktiga männen och kvinnorna ner 30 meter under jorden och upp igen efter avklarade möten.

Det är en kritisk tid för världssamfundet OREA. Det är en sammanslutning av påstått döda människor som bland annat på en hemlig anläggning i karibiska övärlden styr sådant som inte omfattas av vanliga lagar, de får till och med bryta mot folkrätten.

Många är de toppolitiker och industrimagnater som dött i flygkrascher eller på annat sätt exempelvis hastigt insjuknat och dött för att därefter livs levande delta i styret av allt i världen som regeringar, NATO och FN inte har makt över.

Bland annat startar OREA krig med konspirationsmotiv, kan besluta om nedskjutning av passagerarflyg, giftmord på journalister, statsmän och spioner.

OREA har sedan en längre tid tillbaka tillgång till botemedel både mot Cancer och Aids men den har hittills inte gjorts tillgänglig för allmänheten på grund av att den ännu inte är möjlig tillverka i stor skala.

Attentaten mot skyskraporna i New York arrangerades av OREA för att kunna starta krig i mellanöstern och skapa världskaos. Med detta som rökridå har OREA kunnat koncentrera sig på det de gör bäst. Skyddar världen mot sådant vanliga regeringar inte vet om.

OREA har nu gått ut med information till alla världsledare, genom topphemligt samarbete med vanliga militären över hela världen om att världen ska gå under snart.

OREA har genom att manipulera NASA s satelliter och olika seismologiska institut lurat världens ledare med dess regeringar och militär att meteoriter träffar jorden då och då och nu är stora meteoriter på väg mot jorden. De kommer träffa jorden och allt liv kommer på två dygn att utplånas, både växter, djur, organismer och människor kommer utrotas.

Nu är det inte så. Det militären utsätter Jonas och Anders för är resultatet av en attack mot världen, mot civilisationen mänskligheten lever i.

OREA har en rymdforskningsenhet med 3000 anställda. Datakapaciteten är enorm, intelligenta NANO-datorer analyserar all världens datatrafik, mobilsamtal, radio, TV och håller rätt på varenda människa som finns i världen.

Urbefolkningen i Afrika övervakas med satelliter. Alla människors position lagras och spåras i detta datasystem. Alla sjukjournaler och precis alla elektroniska dokument granskas av datorerna och alla offentliga handlingar som domstolsprotokoll och kommunstyrelseprotokoll lagras, görs sökbart och analyseras automatiskt.

Det denna rymdenhet gör är att skydda civilisationen mot ett mycket stort hot från yttre rymden. Det finns utomjordiskt liv, civilisationer som kan resa miljarder ljusår på bara några dygn.

Dessa varelser måste bemötas på samma vis som exempelvis Sverige interagerar med USA, FN, NATO.

OREA har ambassadörer och tjänstemän som pratar med utomjordingarna, håller konferenser med dem och förhandlar med dem för att bibehålla fred mellan mänskligheten och utomjordningarna.

Detta är inget nationers ledare kan göra, vanliga regeringar kan inte sköta snacket med utomjordingar. Ingen får veta att detta försiggår.

Att OREAs medicinska avdelning redan varje månad kan framställa miljoner liter flygbränsle av vatten, kan producera nog energi motsvarande hela jordens elförsörjning genom en anläggning i Afrikas djungler med 10000 arbetare och 5 000 000 kubikmeter maskinhallar, kan överföra starkström trådlöst och bota cancer och Aids med en injektion med en mikroskopisk spruta får ingen veta heller.

Det är genom utomjordingarna OREA kan göra detta. Utomjordingarna får inte komma till känna bland vanliga medborgare. Utomjordingarna har försett forskarna med dessa kunskaper i utbyte mot att ha jordens havsbottnar som flygbas.

Det som hänt nu är att ett UFO behövde elkraft snabbt när det flög över Norrlands skogar. De råkade slå ut elektroniken på Åke och Gudruns bil. De förstod att Anders visste vad som hände så de undersökte honom i bilen och smittade honom därmed med radioaktiv strålning.

OREA har följt dessa utomjordingar under lång tid och nu kräver utomjordingarna fler flygbaser på jorden vilket skulle medföra att vanligt folk skulle få reda på att utomjordningar inte är myt eller påhitt utan verkligen existerar. Detta skulle skapa kaos på jorden.

Utomjordingarna från tre avlägsna samarbetande galaxer har gått ihop och hotat utplåna alla människor för att kunna stationera 5 000 000 av deras folk på jorden och även mellanlanda med sina rymdskepp här utan att störas av människorna.

KAPITEL 13

Görel Grahn sitter vid sitt skrivbord i den underjordiska anläggningen djupt ner under markytan i skogen utanför Vindelgransele. Hon är ansvarig för den svenska militära underrättelsetjänsten i norra Sverige och har lång erfarenhet av att upprätthålla rikets säkerhet, hon har arbetat både åt SÄPO, FRA och nu Militärens Underrättelsetjänst.

Denna del av hennes historia började med att hon fick anonyma e-brev utan att avsändarens e-postadress gick att utröna. Fältet för avsändare var alltid helt blankt. I breven fick hon mer och mer kryptisk information om OREA, vilket hon då aldrig hört talas om.

Första tanken var att det måste vara någon som hackat sig in i försvarets e-postserver och bara ville skapa oreda. Men efter en tid blev Görel uppsökt i sitt hem av en skäggig medelålders man som sa att han hade viktig information som var avgörande för rikets, och världens säkerhet.

Hon nonchalerade inte detta men bestämde att han skulle få berätta det han ville på en hemlig i förväg bestämd plats, när Görel kunde ha med några medarbetare för säkerhets skull. Mannen kunde ju vara någon mer eller mindre knäpp person som bara inbillade sig eller ville störa hennes arbete.

De träffades ute i skogen vid försvarets stuga, vilken regelbundet används som mötesplats och den är garanterat fri från avlyssningsutrustning och ligger avskilt till.

Görel fick hela historian om utomjordisk verksamhet berättad för sig och hon fick också se bevis på att mannen jobbar åt OREA. För att kunna övertyga Görel om att han inte bara hittar på alltihop berättar han allt han vet om hennes egen verksamhet i anläggningen där hon arbetar.

Görel förstår då att han måste jobba åt en främmande makt som totalt knäckt all sekretess på hennes avdelning. Hon inser att om det mannen berättat är sant har hon valts ut till att vara med och kanske rädda jorden från att bli rensad från alla jordiska levande organismer och däribland människorna.

Görel får under de nästkommande månaderna mer och mer information vid mötena i stugan ute i skogen. Samma man träffar hon varje möte och hon har med sig samma två medarbetare varje gång. Överenskommelsen är att ingen mer än de får veta något om vad som sägs där. Görel kommer att bli Sveriges ledare för OREA-s operation mot utomjordingarna.

KAPITEL 14

Det OREA kommer försöka göra är att förhandla med utomjordingarna. Erbjuda dem fler baser på jorden utan att människor ska upptäcka dem eller störa dem.

De utomjordiska skeppen får inte upptäckas. Detta skulle enligt utomjordingarna leda till att de måste utplåna mänskligheten för att kunna verka ostört på jorden.

Risken finns att någon ledare för en kärnvapenmakt skulle drabbas av panik och försöka spränga bort utomjordingarna. Strålning stör deras farkoster och det de helst vill är att slippa försvara sig mot mänskligheten.

Målet är att ingen hjälp från den vanliga militära organisationen på jorden ska behöva inblandas i det hela.

OREA vill fortsätta att genom elektronisk övervakning, störning av olika strategiska jordiska verksamheter och desinformation skydda den utomjordiska verksamheten.

Då kan utomjordingarna verka ostört och leva oupptäckta på jorden, företrädesvis på botten av våra världshav här på jorden.

Det som nu hänt är att utomjordingarna blivit upptäckta. På grund av människors provsprängningar av kärnvapen på Mururoa atollen och i Nordkorea har utomjordningarna tvingats flytta några av sina baser.

När de utförde den operationen gick ett antal av farkosterna sönder och osynlighetsfunktionerna slutade fungera vilket ledde till en lång rad av rapporter om UFO-n runt om här i världen.

De ordinära militära organisationerna jorden runt och regeringar och myndigheter runt om hela jorden började engagera sig i rapporterna och det började spekuleras här och där i etablissemanget om att kanske det finns sådana här farkoster och även utomjordiskt liv.

OREA skapades för att övervaka all världens regeringar och även hålla koll på FN och alla militära organisationer i världen, finansierat av tillverkning av guld, diamanter och kobolt i hemliga gruvor världen runt.

Ursprungligen var det en sammanslutning på 50-talet bestående av ett antal högt uppsatta ledare i FN som iscensatte sin död och sedan använde sina kontakter till att få tag i pengar att bygga upp de hemliga gruvorna som skyddades från upptäckt på olika sätt, först genom kamouflage och efter satelliternas intåg även genom ett slags störsändare som därefter hela tiden utvecklats av några av världens ledande forskare.

Detta för att hela tiden ligga före alla andra sådana elektroniska system på jorden och därmed skydda hela OREA-s verksamhet mot upptäckt.

Allt eftersom har OREA verkat helt suveränt och avskilt från övriga världens ledare, organisationer och stater. Personalen har rekryterats efter verksamhetens art och målsättningar genom att välja ut forskare, ledare, politiker och liknande personer.

Dessa fick sedan information om verksamheten OREA bedriver och efter samtycke från de utvalda människorna iscensattes deras död och försvinnande till varje pris, även på bekostnad av många människoliv.

OREA-s styrelse anser sig stå över folkrätten och kunna döda mängder av oskyldiga människor för att rädda mänskligheten undan kärnvapenkrig, folkmord, extremism, naturkatastrofer och hot från yttre rymden.

På 50-talet observerades mängder av UFO-n runt om i världen och personer inom FN bestämde sig för att gå under jorden, försvinna mystiskt och börja utröna äktheten och sanningshalten i dessa observationer.

Dessa personer hade också en brinnande hängivenhet till att styra världen i vad de ansåg rätt riktning mot det de ansåg vara moraliskt och etiskt rätt för mänskligheten att eftersträva.

Vapenaffärer, penningtvätt, rån, stölder av guld och diamanter inledde finansieringen av OREA-s verksamhet.

Därefter byggde OREA upp en lång rad gruvor och fabriker samt hemliga baser och utrustning för att dölja deras egentligen olagliga verksamheter.

De kämpade och byggde allt eftersom upp sin kapacitet för att möjliggöra sin målsättning.

Utomjordisk verksamhet var en av grundstenarna i OREA-s verksamhet och de fick snart bevis för att både främmande utomjordiska rymdskepp och utomjordingar verkligen existerar och att dessa frekvent besökt och besöker jorden.

Utomjordingarna sökte så upp OREA eftersom de upplevde att människorna såg, visste och genom konventionella militära operationer och studier på döda utomjordingar kunde för mycket om utomjordingarna och deras verksamhet på och runt jorden.

Utomjordingarna, av OREA för övrigt kallade SEPS, delade med sig av många kunskaper, OREA fick hjälp med att implementera utomjordisk vetenskap exempelvis avancerade överlägsna metoder för att behandla svåra sjukdomar och ur havsvatten tillverka bränslen till flygplan, båtar, arbetsfordon och liknande.

Detta i utbyte mot att skyddas mot upptäckt och få bryta ämnet Infiltrium på havsbottnarna vilket bland annat orsakat mänskligheten störtande flygplan och förlista fartyg i Bermudatriangeln med många omkomna som följd.

Detta måste OREA acceptera för att undvika mänsklighetens undergång och utplåning av allt levande på jordens yta.

Infiltrium är ett extremt giftigt ämne som bara finns på bebodda planeter och som uppkommer genom naturlig nedbrytning av levande organismer på planeternas yta.

Eftersom bebodda planeter ligger enormt många miljoner ljusår från varandra är SEPS extremt beroende av att bo på, trafikera och anrika jordens tillgång på Infiltrium vilket de använder som en beståndsdel i rymdfarkosternas bränsle.

KAPITEL 15

Boström vaknade med ett ryck där han låg i sin koj på atomubåten Sirius, hemlig och bemannad av en besättning bestående av män och kvinnor från 10 länder runt om i världen.

Ombord på Sirius finns kärnvapen och farkosten klarar dyka till 600 meters djup och vara under vattenytan i en månads sammanhängande tid.

Avsikten med den hemliga ubåten är att förinta icke statliga hot mot världens säkerhet. Det finns en stor rädsla hos världens ledare att kriminella terrorister ska lyckas komma över kärnvapen och med de som maktfaktor upprätta en organisation för att utpressa regeringar runt om jorden.

Det har nu uppdagats att många ryska kärnvapen är på drift och att grupper av okända människor lyckats stjäla stora mängder plutonium i Mellanöstern.

Läget är akut och många stora militära operationer runt om i världen är pågående för att hitta och oskadliggöra såväl kärnvapnen, omhänderta plutoniumet och utplåna såväl terroristerna som stulit materialet likväl som deras nätverk av agenter.

Sirius med sin internationella besättning är nu på väg för att följa upp ett spår som leder till Sydamerika. En spionsatellit tillhörande Frankrike har upptäckt onormal aktivitet i Bolivias inre territorium.

En mängd transporter med lastbilar som verkar trafikera en rutt som slutar med att fordonen kör in i en tunnel för att efter någon timme återigen komma ut och köra till ett industriområde i en stor stad i närheten.

Spionage har gett resultat och militären vet nu att lastbilarna är stulna och omregistrerade med falska nummerplåtar. De fraktar trälådor ur ett stort lager i en öde och nedlagd industribyggnad.

Lastbilarna kör oftast kvällstid och på natten. De som kör lastbilarna verkar bo någonstans under jord i anslutning till tunneln som är frakternas slutdestination.

Alla militära spioner som kommit nära tunneln har man tappat kontakten med och de är försvunna. Bolivias regering anser att det är fråga om knarksmuggling och har av okänd anledning ingen bevakning på transporterna.

Boström är befäl på Sirius och har nu gått till sambandsrummet där befälen på ubåten flera gånger per dygn kommunicerar med centrala kommandocentralen för operationen som kallas Suggan. Denna morgon är inget undantag och han ropar upp ryska generalen Sotin på radion.

Sotin dyker upp på TV-skärmen och säger god morgon. Därefter redogör Boström för läget, att man är på god väg till Sydamerikas västra kust och att allt är som det ska.

Sotin berättar att okända personer, förmodligen agenter för en okänd organisation har ertappats genom internationell signalspaning med att ha krypterade samtal via en satellit som ingen stat har erkänt att de skickat upp i omloppsbana.

I Sveriges norra inland har också påträffats misstänkt hemlig flygverksamhet som är helt okänd för svensk militär och den syns heller inte på varken civil eller militär flygradar.

Civilpersoner har blivit stoppade, sövda och därefter kommit under militära underrättelsetjänstens kontroll och visats sig ha utsatts för stark kosmisk strålning fastän de inte varit i stratosfären eller i rymden någonsin. Helt vanliga människor som blivit förföljda av luftfarkoster och konfronterade med främmande okända personer.

Det har i Sverige också förekommit okänd flygverksamhet runt skyddsobjekt så som elkraftanläggningar och radiomaster.

Först trodde man att de förföljda och av utomjordingar konfronterade personerna hade samröre med agenter som stulit plutonium på ett universitetslaboratorium i Umeå men nu anser man istället att de varit på fel plats vid fel tidpunkt och då kommit i kontakt med dessa agenter utan att veta om det.

Boström återvänder till sitt lilla kontor inne i en hytt nära kölen på ubåten. Där begrundar han det Sotin berättat under morgonmötet och för handen genom sitt korta blonda hår och känner sig ovanligt nog illa till mods. Vad är i görningen och vad kommer de mötas av funderar han.

KAPITEL 16

Svetlana står på sin position vid vakttornet som ligger innanför avspärrningarna runt det ukrainska kärnkraftverket Tule 2. Ett kraftverk som står för stora delar av Ukrainas elförsörjning.

Inne i reaktorhallen finns stora mängder kärnbränslestavar och under reaktorbassängen finns mängder av utbränt kärnbränsle. Reaktorn är nyligt renoverad och anses helt driftduglig och säker i driften.

Kärnanläggningen är hårt beskyddad och övervakad. Senaste åren har ytterligare säkerhetsåtgärder vidtagits med tanke på de militära underrättelseuppgifterna som visar på omfattande organiserade stölder av plutonium och andra radioaktiva ämnen runt om i världen.

Svetlana är tungt beväpnad och har mörkerkikaren för ögonen och spanar ut i skogskanten utanför de dubbla elektrifierade och larmade taggtrådsstängslen som omger Tule 2.

Helt plötsligt ser den tränade elitsoldaten, den enda kvinnan i sitt slag i Ukraina, en stark blixt inne i skogen. Därefter kommer en kraftig vindby och Svetlana utlöser katastroflarmet som hänger i hennes bälte. Det som händer därefter är att en orkan blåser upp, plötsligt kommer ett kraftigt ljussken och lägger sig över Tule 2.

Taggtrådsstängslen rycks av en osynlig kraft upp ur marken och flyger iväg över kraftverkets tak. Väggen till reaktorhallen exploderar, nödsystemen sätts ur funktion av smällen och vattnet i reaktorbassängen förångas snabbt.

Därefter händer allt nästan på en gång. Röken syns lång väg, alla larm för strålning som finns runt om i Europa och Ryssland larmar. Strålningsnivåerna blir snabbt höga. Alla människor inom några mils radie dör nästan omgående.

Militären sänds snabbt till området så nära det går komma i skyddskläder. Hela Tule 2 är jämnat med marken, härdsmältan har runnit ut ner i marken och är på väg djupt ner i berget.

Ukrainsk radar visar ekon av oidentifierade flygfarkoster som snabbt färdas från Tule 2 ut över Kattegatt för att därefter snabbt försvinna från radarn. Evakueringen av hundratusentals boende i Ukraina har redan börjat.

Larm går ut i media runt över hela Europa och västra Ryssland. Allmänheten ombeds hålla sig inomhus och lyssna på statliga media för vidare information.

KAPITEL 17

På Kastrups flygplats är arbetet som följer av alla inställda flyg i full gång, passagerare ska informeras och inkvarteras så gott det går på hotell, vandrarhem men i denna svåra situation även i idrottshallar, kyrkor, församlingshem, skolor och arenor runt Köpenhamn.

Strålningen är för hög över Östeuropa för att flygtrafiken ska kunna passera Ukrainas luftrum där normalt många flygplan från Köpenhamn passerar på väg sydost. Övrig flygtrafik berörs inte.

På riksdagen i Tyskland är alla sammanträden inställda och förbundskanslern Berith Smitt har åkt till sin regerings skyddsrum någonstans utanför Berlin.

Där hålls en långdragen videokonferens med alla NATO-länders ledare. Läget är akut på grund av ogynnsamma vindar och mycket hög strålning som snabbt sprider sig över hela Europa.

General Sotin är också med på videokonferensen trots att Ryssland inte är med i NATO. Strålningen över Västra Ryssland är också mycket hög. Långt över vad som är starkt sjukdomsframkallande.

Väldigt många människor kommer avlida närmaste månaderna och miljoner människor kommer få cancer närmaste åren.

Konsekvenserna av härdsmältan på Tule 2 kommer att beröra hela jordens befolkning under hundratals år framåt. Inget finns att göra annat än att evakuera så många som möjligt så långt som möjligt från Tule 2 och förse Europas och Rysslands befolkning med jodtabletter.

KAPITEL 18

Boström får nyheten på eftermiddagen vid informationsmötet i videokonferensrummet ombord på ubåten Sirius.

Atomenergiolycka i Ukraina. Tusentals döda redan och katastrofen är ett faktum. De oidentifierade flygfarkosterna tros ha sprängt kraftverket med kärnvapenladdningar.

Detta hemlighålls däremot för allmänheten. Hela jordens ledare för all världens nationer har beordrat undantagstillstånd och stabsläge.

Risken bedöms överhängande att fler sprängningar av kärnanläggningar kommer utföras av främmande makt. Sirius omdirigeras nu till Japan för att kunna beskydda landets kärnkraftverk.

NATO mobiliserar all kraft till att beskydda kärnkraftverk runt om i världen och det gör också Ryssland och Kina. I detta läge är inga fiender med varandra utan alla nationer är allierade i kampen mot världens undergång.

I Sverige ligger Görel Grahns stab i stabsläge och de har haft besök av Sveriges statsminister Björklund under dagen efter sprängningen av Tule 2 i Ukraina. Sverige väntas på grund av ogynnsamma vindar drabbas hårt av kärnkatastrofen.

Jodtabletter håller på att fraktas ut ur beredskapsförråden till alla Sveriges invånare. TV och radio sänder bara uppdateringar och information om katastrofläget. Tidningarna väntas för lång tid framåt bara trycka nyheter om världsläget som uppstått.

Görel får inget säga något till övrig militär, underrättelsetjänst eller ens till sin egen statsminister, hon vet en hel del. Det är OREA som orsakat det sprängda kärnkraftverket.

OREA-s ledning har tvingats göra sig skyldiga till ett enormt massmord på väldigt många av jordens befolkning. Görel är utvald av OREA för sin kylighet och förmåga att lägga precis alla sina känslor åt sidan.

Hon är dubbelagent kan man säga. Jobbar åt den svenska militära underrättelsetjänsten men samtidigt är hon hemlig agent åt OREA. Hon vet allt om vad som hänt.

Genom ett inopererat nano-datachip som hon har i sin pannlob får hon hela tiden uppdateringar från OREA sambandscentral. Hon ser informationen på samma sätt som stridspiloter ser instrument och information på glasrutan i deras cockpit fast Görel ser bilden i sitt inre.

Alla OREA agenter har samma chip inopererat för att ständigt vara uppkopplade och ha samma information samtidigt i realtid.

Utomjordingarna SEPS har blivit rasande på grund av att de inte blivit beskyddade nog. De är arga över att Anders med föräldrar inte blivit avrättade och förklarade döda i en olycka där kropparna bränts för att dölja att de utsatts för strålningen rymdvarelsernas farkoster utstrålat.

Utomjordingarna hann inte göra det själv då de upptäcktes av en flygradarcentral och var tvungna fly fort för att undgå upptäckt när deras osynlighetsanordning gått sönder tidigare den kvällen när Anders gömde sig för varelserna. Anders är fortfarande ovetande om att det var rymdvarelser det handlade om.

Även på andra håll i världen har utomjordiska farkoster upptäckts av allmänheten. Många människor har larmat försvaret om det de sett. Utomjordingarna har drabbats av multipla fel på sin osynlighetsutrustning de har på sina farkoster.

Varelserna behöver nu massivt beskydd av OREA för att kunna undgå panik och militära kärnvapenattacker riktade mot deras baser på havsbottnarna som nu riskerar upptäckt. Om rymdvarelserna upptäcks och blir bombade bryts deras farkoster ner och själva dör de garanterat.

OREA är mycket medvetna om att rymdvarelserna därför menar allvar med sitt hot att utplåna mänskligheten vid upptäckt och angrepp mot dem.

OREA vet exakt var SEPS har sina baser men det vet inte militären. För att undvika total utplåning av jordens befolkning har OREA iscensatt en distraktionsmanöver i form av en kärnvapenkatastrof.

I norden och centrala Europa och västra Ryssland finns inga av utomjordingarnas baser eller gruvor.

Det som utomjordingarna inte vet är att OREA har stulit plutonium, kärnvapenstridsspetsar och uran under en lång tidsperiod. OREA har genom högteknologisk utrustning kunnat dölja detta för utomjordingarna och OREA planerar en attack mot SEPS på jorden.

Teknologin utomjordingarna utvecklat och delat med sig av till människorna i OREA kan användas till att slå ut SEPS verksamhet och avskärma dem från att kunna återvända hit. Detta genom att mänskliga ingenjörer och forskare i hemlighet lyckats vidareutveckla den utomjordiska teknologin till den grad att utomjordingarna omöjligt kommer att kunna knäcka systemets kod och på det viset återinträda i jordens närhet.

KAPITEL 19

Anders sitter på en bänk på Ålidhem i Umeå och väntar på Jonas. Anders har hört på nyheterna hela dagen och är lite chockad för livet kommer att bli svårt framöver på grund av strålningen från Ukraina.

De säger i nyhetsprogrammet rapport att denna strålning är mycket högre och mer omfattande än den efter Tjernobylkatastrofen.

Anders tänker på sina föräldrar och sin älskade Jonas. Kommer vi överleva länge till funderar han medan han väntar på att Jonas ska komma ut från sin föreläsning i statsvetenskap och dyka upp på Ålidhem efteråt.

Jonas har fått sms från Anders med uppdateringar om världsläget. Jonas har också fått veta en del av de andra på föreläsningen och läraren startade web-TV på vita duken i föreläsningssalen.

På nyheterna informeras nu om att detta kan vara attentat men att världens militära organisationer är förenade och mobiliserade för att beskydda världens kärnvapenanläggningar och kärnkraftverk mot varje form av angrepp.

Jonas promenerar den korta sträckan till västra Ålidhem där Anders sitter och läser nyheter på sin smartphone.

”Hur mår du”, frågar Jonas och kramar om Anders kärleksfullt. ”Ja, inte bra kan jag säga” svarar Anders. ”De har ju bombat kärnkraftverk, det är ju mycket värre än 11 september i USA”.

Jonas säger att han förstår och känner likadant. ”Världen är i panik, Anders, men vi är förenade och kommer att klara oss”.

Anders förklarar för Jonas att det han upplevt tillsammans med sina föräldrar i skogen på väg hem från fasterns födelsedagskalas kanske har med detta att göra. Det skulle ju förklara varför militären tog honom med och gjorde som de gjorde. De sa ju att han kontaminerats med radioaktiv strålning.

Jonas lugnar Anders med att det vi inte vet ska vi nog inte fundera på. Men i sitt inre är Jonas ännu mer orolig än sin älskade pojkvän. De går hem hand i hand och gör en enkel middag.

KAPITEL 20

Britt Najma sitter i den enorma svagt upplysta äggformade salen med 100 sittplatser och 40 meter upp till taket. Salen ligger 1 km ner i marken i Italiens bergstrakter norr om Milano. Än är det bara hon och hennes assistent som sitter inne i salen och förbereder det tal Najma strax ska hålla till alla medlemmar i OREA-styrelsen.

Klockan tre på natten anländer styrelsemedlemmarna en efter en, en del i grupp eftersom vissa har suttit i foajén och samtalat över en espresso bryggd i en automat där.

När alla kommit och satt sig tillrätta börjar Britt Najma tala till åhörarna:

”Mina damer och herrar, detta är en fasansfull men viktig dag i världshistorien. Vi har tvingats till folkmord, massmord, enorm förödelse, kostnader för samhället, både mänskliga och materiella förluster. Men, detta är för att skydda jordens befolkning från total utrotning. Vi har kraft återhämta världen efter detta. Kom ihåg att vi börjat massproducera cancervaccin och cancermediciner redan förra året. Detta kommer fortsätta och vi kommer kunna rädda alla strålskadade som ännu inte insjuknat i livshotande tillstånd. Detta har vi fått tillgång till av våra ärkefiender, avskrädet SEPS.

Vi kommer nu inleda nästa fas i vår topphemliga plan. Utrustningen har delvis satts i funktion och resten byggs upp under den första installationens genererade avskärmning från upptäckt av SEPS. Vi har hittat den säkra koden, den klonade generatorn ur mänsklig hjärna som våra utomjordiska fiender aldrig kan knäcka.

Vi har stulit mer plutonium och mer uran och cesium än rymduslingarna kan tåla. De ska utrotas, inte vi! Kom ihåg att vi grundade OREA för att skydda mänskligheten, kosta vad det kosta vill. Vi är de goda, de är de ilska, vedervärdiga, hänsynslösa inkräktarna, våra fiender som tror de kan lura oss till att vara deras allierade vänner. Den vanliga militära makten på vår jord kan omöjligt klara av att lösa detta. Det vi nu ska göra står över all den vanliga mänskligheten. Jag är glad att få vara en del i detta allvarliga spel. Det ska ni också vara kära styrelsemedlemmar i Världssamfundet OREA.”

KAPITEL 21

Alfahannen Smoch Dafilock, ledare för SEPS här på jorden går förbannad runt i kabinen på sitt rymdskepp som består av en äggformad 50 meter stor kapsel med väggar uppbyggda av Rodiangas och en inre kärna bestående av Filkämne.

Runt om kapseln flödar bränslet som är tillverkat av Infiltrium. Smoch är en Noder som består av en giftig lättflyktig utomjordisk gas runt en kärna av Transimum.

Han har varken hjärta eller hjärna, hans väsen sitter i en sammanslutning av transkosmisk strålning, utan radioaktivt innehåll, genom vilken elektriska impulser flödar och därigenom skapar hans typ av folks möjlighet till övermänsklig intelligens.

Noderna innehar enorm klipskhet, motsvarande tusen gånger mer än vad en högintelligent människa har i IQ eftersom människor inte använder mer än en liten del av hela sin hjärnkapacitet.

Farkosterna Noderna har kan färdas miljoner ljusår på en sekund. De härskar över varelserna på nästan alla bebodda planeter som existerar i rymdens alla galaxer. De tror de härskar över människorna här på jorden också. Men de kommer erfara något för Noderna helt förödande.

Smoch ryter genom en öppning i hans väsens gasformation, han är arg. Det har blivit mer strålning runtom på jorden vilket hans folk Noderna mår sämre av. De klarar nu här på jorden inte av att bryta lika mycket Infiltrium som förut. De behöver mer Infiltrium för att kunna tillverka tillräckligt av bränslet deras rymdflotta behöver ha för att kunna utföra sina uppdrag.

Gasvarelserna flyter runt på oceanernas botten och drar till sig Infiltrium och lagrar det tillfälligt i håligheter i deras kroppar som är uppbyggda av gaser. Farkosterna parkeras på havsbotten och arbetar-Noderna släpper sin last direkt i bränsledeponin i rymdskeppen. Där omvandlas Infiltriumet till rymdskeppsbränslet.

Smoch ska strax kommunicera till OREA via Najmas datachip i hennes hjärnas pannlob. Han tänker ställa krav på att skyddas från vidare upptäckter i utbyte mot recept på Ebola-vaccin och kemikalier för att framställa det snabbt. Om de inte får sitt beskydd bränner han hela jordens yta till döds, med alla levande organismer däribland människorna. Sedan kan Noderna fortsätta bryta bränsle på jordens havsbottnar till sina rymdfärder.

Allt människorna har att sätta emot är kärnvapen och radioaktiv strålning.

Vid samtalet med Najma lugnas Smoch och utlovas att OREA kommer att slå ut fler spionsatelliter och spaningsanläggningar som den ordinarie mänskliga militären besitter i dagsläget.

Najma meddelar också att kärnkraftssprängningen var ett sätt att skydda Noderna fastän hon förstår att det delvis påverkar deras arbetsförmåga att utsättas för högre radioaktiv strålning än vanligt. Hon ljuger när hon säger detta. Sprängningen var framförallt ett sätt för OREA att stjäla kärnbränsle för att kunna tillverka skyddsutrustning för att kunna stänga ute SEPS (Noderna) från jordens yta och dess omloppsbana.

Smoch drar sig därefter tillbaka, han formar sig till en gasboll och stänger ner sina elektriska impulser så han intar ett sorts sömnläge.

KAPITEL 22

Boström får vid andra dagen efter sprängningen av Tule 2 information om koordinater för anfall med kärnvapen med mindre styrka.

Nio kärnvapenstridsspetsar ska monteras på långdistansmissiler och omgående vara redo för avfyrning. Boström bekräftar detta och ger besättningen order göra förberedelserna.

Det Boström inte vet är att dessa instruktioner som han får via videokonferensen på morgonen inte kommer från ordinarie befäl utan är en datorsimulerad videoupptagning med felaktig information.

Det var egentligen OREA stridsledning som gav Boström dessa order om att förbereda avfyrning av kärnvapen mot mål på de koordinaterna som Nodernas baser ligger på, nere i jordens djupaste hav.

Sirius flyttar sig till en position i Stilla Havet redo att avfyra stridsspetsarna när som helst då avfyrningsordern väl kommer.

Boström håller ett kort tal till Besättningen i högtalarsystemet. Han säger bland annat att de alla är med i att beskydda världen och hela jorden mot okända fiender.

Han säger även till besättningen att ingen av dem ska känna skuld eller delaktighet i mord om människoliv spills i attackerna. De som kommer dö finns i havet och är fiender, att jämställa med militära fiendestyrkor.

KAPITEL 23

Najma ger nu order om att börja sända ut cancervaccin till alla sjukhus i världen. OREA har vid detta läge stora lager av vaccin samt mycket verksamma nya sorters cancermediciner i all världens länder.

Genom ett forskningsinstitut i Stockholm informerar en hemlig OREA agent via civila kanaler att man i största hemlighet uppfunnit dessa vaccin och mediciner allt eftersom men att man på grund av extrema kostnader och stor brist på rätt kemikalier och beståndsdelar inte kunnat tillverka detta för allmänt bruk tidigare.

Göran som han heter ljuger och säger att man nu kommer tillverka medicinerna på hemlig ort och att distributionen kommer gå mycket fort på grund av satsningar uppkomna av de världsomspännande höga radioaktiva strålningsnivåerna.

Myndigheterna har nu informerat medborgarna om att explosionen vid Tule 2 var en terroristattack.

Görans medarbetare får falsk information om att det pågått forskning i hemliga laboratorier med många länders främsta biomedicinska forskare som samarbetspartners. Detta har gett stora framsteg och lett fram till världssensationella rön inom vaccin och botemedel av svåra pandemier och dödliga folksjukdomar.

KAPITEL 24

Britta Bergh kör denna dag sitt tunnelbanetåg under Stockholm precis som vilken annan dag som helst. Men hon har en hemlighet som ingen annan vet om. Hon är en OREA agent, rekryterad av Görel på svenska militära underrättelsetjänsten.

I OREA-s namn ska hon efter ankomst till Kungsträdgårdens T-bane station, när alla passagerare vid denna ändhållplats klivit av, stänga tågets dörrar, i förarhyttens TV-monitor kontrollera att tåget är helt tomt.

Därefter har hon order av Görel att fortsätta färden med tunnelbanetåget utan tågtrafikledningens tillstånd. Hon måste köra tåget ända förbi Kungsträdgårdens underjordiska station till uppställningsplatserna för tågen. De spåren ligger bortom slutstationen.

Britta ska därefter köra in i den topphemliga Gotthardt-tunneln som skyddas av en massiv betongvägg vilket ett av sidospåren går in under.

Denna färd möjliggörs av en av OREA planerad hackerattack mot tågtrafikledningen på lokaltrafiken i Stockholm som nu lägger om växlarna så tåget ska köra in mot betongväggen.

Detta leder till total panik i kontrollrummet då inga kontroller fungerar, kontrollpanelerna lyser som julgranar och panelerna blinkar. Tåget ser ut att skena och kommer att krascha enligt vad det ser ut.

KAPITEL 25

Annika Pettersson jobbar i det topphemliga biologiska laboratoriet under Skeppsholmen utanför Stockholm City. Hon har fått Göran Karlssons information om att ingredienser till ett helt oprövat Ebola-vaccin kommer vara tvunget distribueras från hemlig ort.

Planen för transporten är att det kommer levereras till Annikas laboratorium med det topphemliga av allmänheten mytomspunna tåget, i folkmun kallat ”Spöktåget”.

Det består av ett gammalt silverfärgat tågsätt med samma vagnstyp som fortfarande används som förstärkningståg i passagerartransporter i den reguljära lokaltrafiken i Stockholm.

Olika personer ur allmänheten har råkat se detta tåg när det passerat tågstationer nattetid. Man säger att det är ett spöktåg och att passagerarna i tåget alltid ser ovanligt stela och prydliga ut. Så helt hemligt har militären inte lyckats hålla det här.

Spöktåget kör laboratoriepersonal och förnödenheter på nätterna i tunnelbanenätet mellan de olika militära och civila laboratorierna och till andra topphemliga bergrum och kontrollcentraler.

Annika är van vid dessa oväntade helt oplanerade vändningarna i hennes jobb. Hon stod precis och analyserade Ebola-blodprover i laboratoriet, iförd total skyddsdräkt med syretillförsel via gastuber på ryggen.

Proverna analyseras i en hermetiskt tillsluten glasbur med hjälp av robotarmar som styrs via dator. Provrören kommer nattetid i färdiga lufttäta kassetter med pansarbil via E4 motorväg efter att ha anlänt Arlanda Flygplats med hemliga anonyma privatflygplan som hämtat proverna i exempelvis Västafrika.

Pansarbilarna kör kassetterna till Rissne tunnelbana där de i största hemlighet flyttas över till Spöktåget som därefter kör dem till laboratoriet 50 meter ner i urberget under Skeppsholmen.

Annika stoppar där enligt rutin in kassetten i ett fack som sedan tillsluts. Robotarmarna öppnar kassetterna och processar därefter proverna automatiskt och resultaten skickas elektroniskt till en biomedicinsk analytiker i markplan på ett biomedicinskt institut någonstans i Stockholm.

Blodet i provrören har aktiva extremt smittosamma virus och bakterier. Ohederliga militära makter och terrorister skulle enkelt kunna döda enorma mängder människor bara genom att stjäla ett provrör med Ebolasmittat blod från någon stackars sjuk människa i Afrika.

Säkerheten i laboratoriet är därför enorm, endast de mest pålitliga får komma i närheten, när Annika efter arbetet med proverna lämnar laboratoriet blir hon kroppsscannad för att inte kunna ha med sig något otillåtet ut. Samma på vägen in.

Både vid inpassering och utpassering duschas personalen med speciella vätskor i form av dimma både före och efter skyddskläderna tagits av. Processen avslutas med att personalen naken blir belyst med starkt UV-ljus för att döda alla skadliga biologiska ämnen och eventuella smittor.

Annika är chef för verksamheten och ansvarar för transporterna som kommer med spöktåget från stationen i Rissne till en hemlig station under Skeppsholmen.

Normalt kommer som sagt spöktåget med blodprover som kan vara smittsamma. Idag ändras planerna så att ingredienser till ett Ebola vaccin istället för med spöktåget levereras av ett annat tåg i hemlighet.

Vid Akalla ändstation har agenter limmat fast provrör med ingredienser under tåget.

KAPITEL 26

Britta gasar på, det automatiska bromssystemet är nu urkopplat, betongväggen öppnas av stora hydraulcylindrar och Brittas tågsätt rusar i en fart av 60 kilometer i timmen in på spåret genom öppningen bort mot Skeppsholmen i det hemliga okända militära tunneltågsnätverket under Stockholm.

Denna dag ska detta tågsätt försvinna oförklarligt och aldrig mer köra civila passagerare. Det kommer hädanefter endast användas för militära transporter i underjorden. Britta kommer också försvinna och börja jobba med militära uppgifter i OREA.

Bengt står vid den långa betongperrongen vid Skeppsholmens underjordiska militära tågstation. Britta bromsar in tåget och skyndar in genom en pansardörr till arbetsgruppen som hon ska tillhöra fortsättningsvis istället för att köra tunnelbanetågen i Stockholms lokaltrafik.

Bengt går ner i ett schakt under tågspåret och inspekterar lasten. Under tåget sitter ordentligt fastlimmade behållare, ett hundratal behållare är det. Han börjar raskt och precist demontera behållarna efter att strömskenan kopplats bort och blivit strömlös.

Han lastar allt på en rullvagn och kör in det till Annika på varuintaget. Hon för sedan vagnen till den underjordiska fabrik som ska tillverka Ebola vaccinet som utomjordingarna gett OREA i utbyte mot beskydd mot upptäckt och kärnvapenattacker.

KAPITEL 27

Medan utomjordiska alfahannen Smoch vilar är aktiviteten febril på OREA-s ledningscentral. Najma som ursprungligen är svensk same övervakar aktiviteterna från ett podium. Regelbundet kontaktar hon agenter via kommunikationsdatachipen hon har monterade i sin hjärna. Snart är det dags.

Utomjordingarna ska sprängas, utrotas, stängas ute för gott ur jordens närhet. De ska aldrig få komma tillbaka till vår värld. De har redan kostat mänskligheten mer död och lidande än vad som hänt någonsin tidigare i världshistorien.

Tim Dahl, en amerikan som jobbat för OREA i 5 år sätter in sista kontakten i ett urtag på den stora plåtlådan i urberget i Brasilien. Nu är det bara att vrida på den manuella spaken som egentligen ser väldigt gammaldags ut.

Tim får ordern i huvudet via datorchipet, det är Najma som ger ordern: ”Aktivera skyddsjonen nu!”. Tim fattar den halvmeterlånga silverfärgade spaken med röda knoppar i vardera änden. Han vrider den sakta motsols.

En hög smäll hörs när spaken tar stopp och inte går vrida längre och en stor röd lampa börjar blinka med starkt sken som lyser upp hela apparatrummet Tim befinner sig i. En siren tutar nu kontinuerligt och den röda lampan blinkar.

Detta ska Tim och hans efterföljare se till fortsätter i evighet.

Genom ett hål i jordytan, två meter i diameter, rakt upp ur urberget i Brasilien strålar nu en modifierad typ av gammapartiklar i extremt tät formering rakt upp i stratosfären och sprider sig utanför månens bana runt jorden.

Tim stänger nu enda vägen in i urberget för gott, han ska aldrig mer se den riktiga solens ljus igen. I urberget har han sin fru och 3 barn.

När de dör kommer kloner av dem automatiskt att skapas och ersätta dem. I huvudet har de datachip som kommer kommunicera med alla OREA agenter ovan och under jord.

Tim är nu helt ensam ansvarig för maskinen som kommer att skydda jorden mot Noderna i evig tid, så länge jorden existerar som planet.

Maskinen är enorm och upptar en kubisk yta med 1 mil åt alla håll i urberget. Det mesta är reaktorer som drivs med plutonium och stora tankar med cesium och kapslar inneslutande uranstavar. Lagret av radioaktiva isotoper kommer räcka ända tills jordens liv dör ut av naturliga orsaker, så som miljöförstöring, förtunning av ozonlagret och smältning av polarisarna.

Utöver de radioaktiva bränslena i maskineriet är hjärtat i utrustningen en mänsklig hjärna, helt unik och överlägsen alla utomjordingars förmåga att processa intryck och tankar samt uträkningar.

Den mänskliga hjärnan som sitter i denna skyddsmekanism är inkopplad genom utomjordisk vetenskap men är av människor adapterad till användningsområdet på det vis endast en mänsklig högintelligent levande hjärna kan fungera.

Mänskliga hjärnan är i maximerad kapacitet helt överlägsen alla datorer och utomjordingar som finns.

KAPITEL 28

Utomjordingarna kan inte komma förbi gammapartiklarna som flyter runt jorden nu längre. De kommer aldrig kunna stänga av den mänskliga skyddsmaskinen eftersom dess mänskliga hjärna hela tiden räknar om de koder som måste matas in för att stänga av processerna i själva maskineriet.

Nu är det dags att spränga skiten ur utomjordingarna, döda dem med giftig radioaktiv strålning och utrota utomjordiskt liv på jorden.

Najma trycker på den röda knappen på sitt podium. Alla styrelsemedlemmar trycker på sina röda knappar. Signalen går iväg till ubåten Sirius där kapten Boström mottar ordern.

Boström ropar ut till besättningen att ”fixera målen och avfyra missilerna på min signal”. En kort stund därefter får Boström grön signal från missilrummet och trycker på den röda knappen och vrider om de tre nycklarna i kontrollcentralen.

Ubåten rycker till kraftigt och sjunker ett tiotal meter för var och en av de nio kärnvapenbestyckade missilerna som stöts ut ur den. Missilerna fortsätter upp mot havsytan, raketmotorerna trycker missilerna och dess påmonterade kärnstridsspetsar högt upp i luften.

Missilerna riktar in sig och flyger därefter iväg åt nio olika håll, mot nio olika utomjordiska annekteringar på världshavens bottnar.

Väl framme vid målen slår missilerna ner mot vattenytan och stridsspetsarna exploderar.

Detta leder till en hög stråldos och Smoch Dafilock vaknar aldrig från sin vila. Arbetsnoderna vrålar och upplöses i atomer, de skingras i gasmoln och deras tankeförmåga upplöses i bara små elektroner. De utrotas och även deras farkoster skingras i mikroskopiska partiklar.

KAPITEL 29

Nu utbryter ett hurrande bland alla människor över hela jordklotet. OREA med Najma i spetsen hurrar över segern mot utomjordingarna. Hela mänskligheten hurrar över vaccinen mot både Cancer och Ebola som nu finns tillgängliga för alla.

Människorna hurrar över slutet på ett kärnvapenkrig vilket all jordens nationer till sist gått ut med till sina invånare att det varit eftersom det är vad de ordinära militära organisationerna bedömt det var frågan om när missiler sköts upp med falska order.

Görel sitter lugnt bakom skrivbordet och myser. Vid sin sida har hon statsministern som röker på en cigarr och unnar sig en whisky on the rocks i tjänsten. Nu återgår det mesta till det vanliga, eller som Görel uttrycker det ”det går mot en bättre värld nu”.

Annika känner sig glad, hon kan äntligen gå från att diagnosticera Ebola till att bota och vaccinera. Göran gläder sig åt cancerbehandlingarna som är de första riktigt effektiva någonsin.

Utomjordingen, SEPS ledare, Nodern Smoch Dafilock finns inte mer. Noderna kommer aldrig kunna resa till jorden och lyckas invadera oss igen.

Nodernas stridsflotta prövar direkt efter attacken mot Noderna att hämnas och annektera jorden men det lyckas inte.

Tim Dahl har varit med och räddat jorden undan undergång. Han har det bra med sin familj nere i Brasiliens urberg.

Kommendörkapten Boström har också gott humör nu där han återigen ligger i sin koj djupt under stilla havets yta i ubåten Sirius på väg hemåt mot Sverige och Karlskrona.

Idag friar också Jonas till sin blivande make Anders. De har liksom alla andra på jorden nu fått vaccin mot cancer och kan se fram emot ett långt liv tillsammans. De flyttar ihop efter att Anders berättat om sin sexualitet för sin familj.

De förskjuter honom inte men visar tyvärr ingen förståelse för hur han valt att leva. Han vill ju vara som han är, inte känna sig tvingad låtsas vara heterosexuell och skaffa en kvinna han inte kan bli sexuellt attraherad av.

Som väl är tar Jonas föräldrar och syskon emot Anders med helt öppna armar och han kan ändå fortsättningsvis ha en värdig och kärleksfull relation med sina föräldrar även som öppet homosexuell.